诗歌写生集

遇见四季

臧庆莹 著

石油工业出版社

图书在版编目（CIP）数据

遇见四季：诗歌写生集/臧庆莹著. -- 北京：石油工业出版社, 2024.7. -- ISBN 978-7-5183-6788-7

Ⅰ. I227

中国国家版本馆 CIP 数据核字第 2024X8K803 号

遇见四季：诗歌写生集

臧庆莹　著

策划编辑：	王　昕　曹敏睿
责任编辑：	谭　慧
责任校对：	刘晓婷
出版发行：	石油工业出版社
	（北京安定门外安华里 2 区 1 号楼 100011）
网　　址：	www.petropub.com
编 辑 部：	（010）64523689
图书营销中心：	（010）64523731
经　　销：	全国新华书店
印　　刷：	三河市万龙印装有限公司

2024 年 7 月第 1 版　2024 年 7 月第 1 次印刷
710 毫米 × 1000 毫米　开本：1/32　印张：7.875
字数：50 千字

定价：68.00 元
（如出现印装质量问题，我社图书营销中心负责调换）
版权所有，翻印必究

序

诗性的哲思

我向来对于新诗的形式持较为宽容的观点,虽然被有的人视为"忽视规矩",但我至今依然认为,自由诗是没有什么形式上的规矩的。我写过一篇《分行·结构·意蕴》的文章,就是表明我对新诗形式的观点,这或许也可以称之为新诗的规矩。

当然,任何事物都不是绝对化的。譬如我手头这部《遇见四季——诗歌写生集》的诗,大部分都是短章,对这类诗要求结构上的构思,就有点勉为其难了。但是我仍然承认它是诗的一种类型。不过它的特性是灵感式的诗性哲思,因此不失为人们对诗歌阅读的一种体验和体察。

臧庆莹的名字,诗坛上的人肯定不知其名,我也是第一次读到他的诗,并且听他讲述了20世纪80年代他如何热爱诗歌。知道我,也是因为在《诗歌报》读过我的"现代诗导读"和其他一些文章。但他一直认为我是在北京工作,想不到最近才从朋友口中知道我也在扬州,而他在退休前一直是一个国有企业的管理者。因为这种相近而不相识的关系,他在也是我朋友的介绍中请我为他的"处女作"写序,我自然是乐于效力的了。

我相信,所有读到这部诗集的人,都会同我一样,为这种类型的诗而感到新奇而又不得不承认它是诗的一种类型。诚然,像顾城的代表作"黑夜给了我黑色的眼睛/我却用它去寻找光明"已经是众所周知的经典,但这似乎是一种个例。像臧庆莹这样一部诗集中绝大部分都是这种短章的,恐怕只此一家的罢。我之所以决定写这篇序,就是想为此"正名"一下,诗是可以这样写和这样读的。不过我得声明,人们绝不要误会,以为这样写诗也太简单太容易了,我还是有我的"规矩"的。

首先,我们要审视或回顾一下自己在生活的过程中,是否曾经有过这种"一闪念"的诗性感受;其次,当你产生某种"一闪念"时,是否捕捉到了它的内蕴的价值;最后,你会否因此而进了哲理的思维。如果具备了这三点特性,你就可以记录下来,借以验证它是否具备"诗性的哲思"的意味。

说完以上这三点,我认为这就是我承认臧庆莹这些诗是诗的一种类型的原因。

不妨选几首他的诗来欣赏一下:

先读一首《走路》:

> 大步流星
>
> 抖掉
>
> 脚上的风

能够从走路这种每个人都习以为常的行动中发现它可以"抖掉 / 脚上的风"的人,我想一定有点出人意料。但是,当你再细想一下,他为什么要用"大步流星"来同"脚上的风"作为对立面来写呢?这是不是暗含着某种寓意呢?

臧庆莹把诗集命名为"遇见四季",显然不仅仅是一种季节性的表达,读他的《年末》一诗:

> 拥有的四季
>
> 足够辨别
>
> 风的来历和贵贱

这里的"风",当然不是自然现象的风。作为一个国有企业的管理者,在他所"拥有的四季"的经历中,不可避免地要接触和处理许多事情,所以才有了"来历和贵贱"的感喟。

如果仔细地阅读这部诗集中的绝大部分的诗篇,我们就可以体察到臧庆莹之所以这样来抒写他的内心感受,其实是与他的生存境况有密切关联的。一方面，作为一个有诗性感知的人，他总试图随时随地表达他的内心感受；另一方面，作为一个企业的管理者，工作繁忙，又使得他难以具备充裕的时间构思较长的诗作。所以我对他这种属于个案类型的诗，仍然做出较为客观的评价，绝不是提倡一种偷懒式的写作方式。一定会有人质疑这种诗的形式，但是我希望人们理解和认同它的存在。我们从他许多一闪念式的诗性哲思中，的确是可以获得一些启发的。

  我之所以对臧庆莹的这些诗篇持有较为好感的认同，可能同我在写作方式上的某种迹象有关。我写过不少随感式的文字，还专门出版了一本名为《季节感受》的书。虽然我写的是随笔式的散文，但是在思维方式上却是相近的。我从写作中经常感悟到，有些一闪念的触动，如果能够深入思考下去，会得出很好的哲理结论的。臧庆莹的一些诗，如果能进入好的结构和发挥，一定会写成较为优秀的诗篇的。

  我们都知道，所谓哲思，只要从中设计和构思成情节，就会形成一定的结构。臧庆莹的许多诗篇，如果发展成情节，就会形成诗的结构，那就符合我所说的"分行，结构，意蕴"这三项特征了。

  诚然，这都是一些题外话。我是想借此向臧庆莹提一个建议，在退休的情况下，不妨认真地发挥一下诗性，写出更多优秀之作。

  以上这些话，既是我的心声，也是我的希望。供臧庆莹参考一二罢！

叶橹
2024 年 3 月 12 日于扬州

目录

遇见母亲 ··········· 001

- ◎ 童年 ············ 001
- ◎ 家 ············· 005
- ◎ 过年 ············ 012
- ◎ 坚强的妈妈 ········ 016

遇见四季 ··········· 024

- ◎ 知春 ············ 024
- ◎ 消夏 ············ 046
- ◎ 问秋 ············ 060
- ◎ 品冬 ············ 076

遇见你 ············ 087

遇见扬州 ··········· 105

- ◎ 烟花三月 ········· 105
- ◎ 写真瘦西湖 ········ 112
- ◎ 何园 ············ 117
- ◎ 个园 ············ 122
- ◎ 玖趣园（桃李春风） ·· 126
- ◎ 美食之都 ········· 130

社会一角 ··········· 135

- ◎ 致敬我的老师 ······ 135
- ◎ 六一儿童节 ········ 143

- ◎ 小升初 ······ 145
- ◎ 中考 ······ 147
- ◎ 高考 ······ 150
- ◎ 送孩子去海外留学 ······ 153

生活百味 ······ 155

- ◎ 带外孙 ······ 155
- ◎ 做饭 ······ 162
- ◎ 看足球世界杯 ······ 166
- ◎ 地铁见闻 ······ 171

人间万象 ······ 175

- ◎ 人与人 ······ 175
- ◎ 人与社会 ······ 195
- ◎ 自然的启示 ······ 223

附诗五首 ······ 237

后记 ······ 242

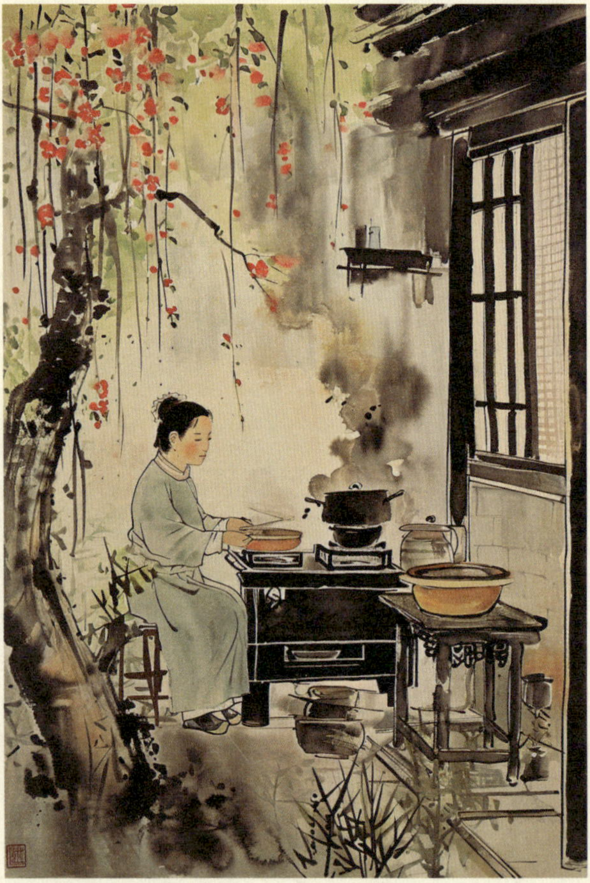

遇见母亲

童年

补丁

我是一块补丁
补在母亲
压着重负的肩上

(写于1981年7月参加工作时)

童年

摇晃的童年
随时都能撞到妈妈的笑脸
幸福在妈妈的搀扶中
一步一步向前

童年的记忆

童年的春天里
看不见鲜花开放
难寻的野菜
常常让
饥饿的目光疯抢

生日

穷得连明天都买不起
还拿什么
过生日

星星

星星对太阳说
你虽然很耀眼
但我
看不见你

时光

留在地里的麦茬
刺破了
捡麦穗的时光
童年的记忆
流了好多血

吃梨子

吃一口梨子
无糖的童年
笑出声来

记忆

童年是放牧的原野
有猪有羊也有牛
童年是奔腾的小河
有水有鱼有石头

童年是找寻的麦穗
丢失在田间的丰收
童年是纷纷落叶
扫不完的秋

童年是露絮的棉袄
挤破了墙头
童年是妈妈追着打的调皮
爬到树梢上的冒险
摔得皮破血流

童年是冰河上的游戏
溜不掉的欢乐
冻不住的暖流
童年是肥沃的土地
茁壮的生长
我的乡愁

家

柔软

真正的柔软
是在妈妈缝好的被子上
打滚

幸福

幸福
像洗净的衬衫
被妈妈叠得整整齐齐

御寒

"冷吗"
钻进你的牵挂里
很暖和

牵挂

妈妈的牵挂总是轻柔的
生怕打扰
你的心不在焉

枕头

和妈妈枕着
同一个颜色的枕头
企望
靠妈妈的梦
更近一些

呼噜声

妈妈的呼噜声
平静了
我的夜

行程

不管走多远
妈妈的牵挂总是包裹着我
长长的行程

婴儿车

与妈妈的幸福相比
我们的幸福
始终躺在婴儿车里

家

远离妈妈的地方
最多
也就是居住地

和妈妈一起做饭

妈妈坐在灶台前
一根一根地往灶膛里续着柴火
我站在灶台后
一勺一勺地翻炒着咸淡
幸福
在锅盖掀起后
翻滚着来

聊天

乡下的风
随时都可以和你聊天
悄悄话
树叶哗哗地送到耳边

梦

和妈妈在一起
就很难
梦到远方了

月光

家里的月光铺天盖地
像水一样
可以洗澡

捡不起来的月光

今晚的月光
在树上
被风刮碎了
洒了一地
捡也捡不起来

家乡的月亮

月亮躲在树梢后面
偷看
我的夜

关门

关上大门
夜
交给了梦

夜

乡村的夜
被狗咬得
一声不吭

底色

夜
是梦的底色
你
是我的画

阳光

家里的阳光很大方
从早到晚
无遮无挡

门卫

猫
在老鼠的洞口
睡着了

晒麦子

生长的岁月是否饱满
阳光下
看你能否伸直腰杆

喜剧 悲剧?

同样是大雨
落到秧田里是喜剧
落到晒好的麦子上
是悲剧

成就

你手中的馒头
成就了
麦子的理想

捕鱼

到有水的地方捕鱼
到有梦的地方
想你

过年

过年

年是由天构成的
过年就是过好每一天
我是由你构成的
美好自己
就是珍惜与你的一分一秒

妈妈

家是装年的地方
你
是装我的地方

年货

带回家的年货里
是否承载了
一年的思念

年夜饭

您的菜谱里
写满了
构思一年的团圆

包饺子

把硬币包进去
惊喜
被咬得嘎巴响

压岁钱

塞进红包的期许
压实了岁月
释放了生长的热情

守岁

数一数过去的三百六十五天
有哪一个日子
绊住了你的思念

大年初一

第一个可以撒娇的日子
一睁眼就吃到妈妈递过来的云片糕
从此新年的每一天
都在步步登高

岁月

岁月待我如水
不咸不淡
放点欢乐就甜

家乡

为什么家乡越来越老
因为思念
长满胡须

中秋夜

和妈妈在一起
今晚的月亮
能看见我的所有秘密

坚强的妈妈

疼痛

怀抱着妈妈被摔倒的时光
和她一起
疼痛

无助

真正的无助
是看着妈妈疼痛的泪水
你
不敢哭出声来

手术

妈妈的手术
把儿女的心
切出了血

重症监护室外的亲人

守着时光
一分一秒地数着
无助

床前

守在床前
比守在心里
更进了一步

鼓励

你的疼痛
消瘦了我的日子
你的信心
营养着我的未来

流泪

妈妈的眼睛不舒服
我们不能
仅仅流泪

睡不着

我的夜
枕在你的疼痛上
翻来覆去睡不着

命运

在生死和苦难面前
没有陌生人

顽强

生命的顽强
不仅在于愈合伤口
而在于生长期望

记忆

谁的疼痛
不在伤疤里
长满记忆

给弟弟

妈妈康复的脚步
把你的笑容
踩出了皱纹

亲情

在浓缩的无言中
能稀释出暖暖的爱来

快乐

生活的快乐
在于你把苦难
藏得有多深

年轻

有妈妈在
我们不会
变老

琐碎

没有你的岁月
我支撑不了任何
琐碎

价值

您在
才发现
我的价值

脚步

不要忙成亲人的牵挂
放慢脚步
微笑着回家

努力

牵挂是一种
千方百计让你过得
和我一样美好的努力

中心

把父母当作太阳
你的生活
才会有中心

不要埋怨

父母唯一的缺点
也许就是培养了我们
发现他们缺点的能力

耳闭

敬老是无声的
吼出来的爱
妈妈听不见

老乡

老乡的作用
是方便我
把思念捎回去

理想

把人间的苦难送进天堂
我们
还在人间

妈妈的礼物

妈妈的礼物
是种在日子里的牵挂
和思念
一起成熟

妈妈的礼物
是拐杖量出的隆重
拽着我
一步一步

妈妈的礼物
是茂密的藤蔓下
可以把平淡
煮出甜味的红薯

妈妈的礼物
是可以保鲜的生活
像萝卜上
抖不掉的泥土

妈妈的礼物
是红遍秋天的柿子
熟透的甜蜜
尝出了甘苦

妈妈的礼物
是挂满枝头的石榴
包得紧紧的团圆
一粒一粒地数

妈妈的礼物
是装不下的四季
永远超载的祝福

遇见四季

知春

立春
之于天地
就是换种心情
拥抱你

含义

立春最现实的含义
就是冬天
真的过去了

愿望

春天的愿望
是释放被冬天看押的
所有绿色和花开

尽九

你用数九的方式
画着消寒图
九尽春来

报春

你谨慎地对春天表态
"未来可期"
其实梅花已经盛开

阳光

阳光被关到了窗外
着急得
从门缝里挤了进来

早春

总的来说
春天还是来了
尽管还有点微寒

倒春寒

想让春天不开花
这显然是不可能的事
但你还是做了

租赁

租你一缕阳光
还我
整个春天

惜春

用心捂着
别让倒春寒
把她冻伤

善良

春天的善良
在于
从来不伤害美

咬春

如果真能咬住春天
那么你一定会
口吐芬芳

静美

春天的修养
是让你能够听见
开花的声音

坚持

春天的坚持
就是听不到落叶的
闲言碎语

浪漫

春天的浪漫
来自
冬天的沉默

核心

春天的核心是花开
你的核心
是美丽

种花

种下你喜欢的花
让春天
开出你微笑的样子

阳台上养花

换个姿势生长
你能看见
阳光转身的样子

花开

花香铺天盖地地来
不知你的笑容
是哪一朵
被蜂儿追赶着开

花蕊

你闻到了花香
我看到了花蕊
别碰她
碰了心碎

赏花

你眯缝着眼看
春天还是
挤进了你的目光

春风

邪恶有天地管着
我只负责
释放美

忘归

春风不识来时路
落在花中
忘归途

生长

被冬天捂住的热情
春天一松手
就生长出来了

春雨

我和春天接上了头
她告诉我开花的时节
在雨后

春意

沿着阳光去找你
你一定在
开花的地方

生长

向南走
离开你的冬天
把思念
放进我的春天里生长
向南走
踏上
开花的路

踏青

冬天冷冻过的念想
在春天发出了新芽
我真的要去看看你了

美

美
是催开语言的
花朵

蓝天

知道你要满山遍野地盛开
所以我把蓝天
也腾了出来

惊蛰

伸个懒腰
就摸着春天了

午休

打了一个呼噜
把自己
吵醒了

温暖

惊蛰过后的春天
让你来不及找出
换季的衣服

阳光

惊蛰过后的春天
确实是
给点阳光就灿烂

情人节

今天适合看风景
和春天
说说话

鸟笼

虽然你把风景关在笼子外面
但它依然
歌唱春天

春天的委屈

不能仅看到你的美丽
生长的委屈
藏在了被冰冻过的泪水里

理解春天

知道你忙于花开
没有时间
打理我的欢喜

秘密

能够守住的才是秘密
没有冬天的守口如瓶
哪有春天的肆无忌惮

觅春

穿过季节的风
千方百计找到你
突然发现
你始终就在心里

龙抬头

主要还是想看看春天的样子
是否适合
腾飞

果实

春天来的时候
我告诉过你
果实就在路上

季节

春风吹又生
生命的伟大
在于你不属于任何一个季节

你是我的春天

想你的时候
你是一朵花
见到你的时候
你是整个春天

雨水

雨水为什么安排在立春以后来
主要还是为了
滋润一下开花的情绪

花语

花下
我捡起一片落叶
自言自语道
你怎么和春天混到一起了

最美人间四月天

举报你的花香
颠覆了
人间的美好

时光

捡起错过的时光
在四月
被栽活了

公园人多

不需要打招呼
我知道
你也是冲着春天来的

主题

只谈生活
不谈春天
误了花期

空间

春天不是用来打闹的
每一朵花开后面
都腾出了生长的空间

樱花

你灿烂的样子
把我的想象力
都开没了

海棠花

为什么非要拥抱着开放
因为
我和你在一起
就不是孤芳自赏

春暖花开

唯有一往情深
才会
春暖花开
没有你的春天
就不是春天

如果

如果没有花开
还要春天干什么
如果不是你在
还要花开干什么

春天的秘密

春天没有秘密
秘密藏在花里
虽然看不见你
但我知道
你在哪里

春意

热热闹闹一春生
没看到
不等于你没开放

花期

必须盯着你的盛开
一转身
你便成了期待

春愿

春天不会拒绝生长的愿望
鲜花深处
埋葬了死亡

落花

盛开的灵魂
落到心上
砸得我
很疼

争宠

总把自己当花一样开放
与花争宠
季节饶不了你

等待

你的春天里
没有我的花开
我站在风中
等那雨来
雨也不属于我
淋湿的
还是那痴痴的等待

阅读

阅读你的春天
我写下了秋天的留言
那个时候
我们适合见面

消夏

孤单

没有你的日子
太阳晒热了
我的孤单

五月

五月是春天的续章
但她已经长出
夏天的模样

锄草

把草锄掉
就能看见
豆苗了

太阳

白天再长
还是捆不住
太阳

青涩的海棠果

不知你的青涩
在明天
会甜倒谁的青春

芒种

和季节一起生长
生命的仪式感
很庄严

端午

两千年前的故事
掉进了江里
至今人们
还在打捞

梅雨

在梅雨浸泡的季节
拎起的每一点时间
都是湿漉漉的
阳光稀缺
像太空中的人类
偶尔光顾一下
就离开了
在无法烘干的日子里
为了不让记忆发霉
人们晾晒了 所有的春天

雨季

走进你的天地
踩湿了每一个日子
我握着一把雨伞
等那晴天再来

雨天

五颜六色的伞
撑起了同一片
被淋湿的天

观雨

无风的雨
垂直地下着你的平静
丝丝落在你的欢喜

暴雨

闪电像鞭子
把老天爷
抽哭了

防汛

不停的暴雨
让防汛的话题
陡然涨到了
水位警戒线以上

风景

货船
拖着涨满的河水
航行在浪花的欢呼里

雨中找回汽车牌照

暴雨打湿的夜晚
蹚进河流一样的街道
找回能够上路的奔跑

被淹没的城市

班车
在马路上
开出了
船的形状
上班的时间
像那块
熟悉的路标
在水里泡长
看不见辙印
这满街漂浮着的天
被碾得
哗哗直响

捉鱼

雨后的街道
流淌着捉鱼的热闹
欢乐像鱼儿一样
被扔到筐里
活蹦乱跳

暴雨成灾

南方的暴雨下湿了整个季节
乘船上街已不再新鲜
鱼儿游到了
你的灶台前
成熟的喜悦
在桃树下面
滚落成满地的愁眉苦脸
生长的田野在深水中呼救
看不到岸边
太阳不知和谁偷情去了
高唱着赞歌
躲进了遥远
老天爷哭了：
我原本放牧的
不是这样的人间

夏至

夏至以后
夜长得
能捆住思念

蝉声

夏夜
我在树枝间
悄悄地拨开蝉声
却意外地惊醒
无数的虫鸣

发烫

夏至以后
想你的夜
开始发烫

卖西瓜

路边的摊贩
用扩音器
把酷热的傍晚
廉价叫卖

卖蝉鸣

不停鼓噪的蝉鸣
贱卖了
整个夏季

夏日

生长的热情
让我
靠近了太阳

高温

和你一起感受高温
才知道生活的每一步
都是大汗淋漓

吃冰棍

把炎热的情绪冰镇一下
你会感到
世界还是蛮凉爽的
其实夏天
是可以冰镇的

酷暑 孤旅

土地不再属于天空
我听不到下雨的声音
鱼的眼泪
在水里卷起了涟漪
阳光一丝丝地抽着热恋
树荫下还在大汗淋漓
车来车往的行程
不知去往哪里
登上孤独的绝境
还是不认识自己
你把我弄丢了
我在梦里
找不到你

干旱

阳光
在挂过大雨的屋檐上
有点渴了

降温

冷静下来
思考
你的美

热情

收敛一下过度的热情
免得烫伤
别人的不屑

无情

灿烂的冷静
能看穿
尘世的无情

关心

夏日
很少有人关心
你的冷

交往

夏季里
我热情地
摸着你的冷

紫薇花

夏日
除了浪漫还有花开
不知你的盛开
会鲜艳
谁的等待

问秋

立秋

脱下大汗淋淋的季节
换一种目光
看天高云淡

兑现

不是每个季节
都像秋天这样
兑现美丽的

课题

赋能秋天的美丽
激活
一个季节的主题

收藏

向秋天租一阵风
专门收藏
落叶

视野

秋天
落在视野里
扫也扫不去

反应过度

一阵风来
全树都在哭泣

秋天

你的秋天
装不下
我的落叶

生长

一片落叶
惊动了
整个季节的生长

审美

悠然飘下的一片
慌乱了
你的审美

密码

寄存在风里的秋天
还没找到密码
就被刮跑了

离别

扫去落叶
看到你的秋天
装满离别

痛

不该把你交给风
飘落的
全是离别的痛

平静

秋天留下的闲言碎语
一阵风过
争吵归于平静

吹捧

落下来的苦难
除了惊心动魄
还有飞起来的吹捧

落叶 秋天

我如果遇见秋天
一定告诉你
不要站在风前
让留恋
凝固你的视线

我如果遇见秋天
一定告诉你
不要吵醒冬眠
让他的梦香
枕着你的昨天

我如果遇见秋天
一定告诉你
离别才有相见
真正救我的
还是你的春天

走路

大步流星
抖掉
脚上的风

审美

秋天放行了你的审美
一片落叶
停下了你的脚步

深情

对一片落叶弯下腰来
能捡起
一个季节的深情

桂花

一阵秋风过后
你让出了芳香
我无法让出
你的美好

熟了

秋天
是被美
催熟的

鸟儿与果树

看到你的成熟
欢喜得
翅膀快要划破了天
听起来像歌声的鸣叫
那是因为
抓不住你的甜
在枯枝间跳跃
即便踩断了秋天
果实
还是落到了人间

留在树梢的柿子

风都带不走的故事
一定是甜蜜的

礼物

秋天的礼物
常常把你的惊喜
美颜成满树的果实

信

把季节拆开来看
秋天就是一封
充满甜言蜜语的信

深秋

你的美
喂饱了秋风
不知他将怎样拥抱你

深秋之美

你的美如约而至
每走一步
都担心踩到你的告别

共生

菊花对深秋说:
你的老去
不是我的灿烂催生的

睡莲

夏已去秋已凉
不觉寒处
你还在开放

采摘

秋天的美不需要采摘
随便捡起
都是一片风月

秋意

不要在意我在哪
其实美好
一直环绕着你

成熟

秋天不会变老
只是比你想象的
更加成熟

看风

看不懂落叶
我便
看风

风

湛蓝的天空下
风站在树上
一动不动

树

没有风的时候
站成了
一棵寂寞

选择

树和风之间
我选择和树站在一边
静听
它的语言

北方的秋天

北方的秋天
总是大张旗鼓地涌来
惊天动地地离开

孤叶

你的留存
让风
无能为力

留恋

十一月的树梢上
挂满留恋
无情的风
硬生生地拽走
昨天

树叶与风

风踮起了脚尖
吃力地够着
树梢上仅有的那一片
留恋
让树叶把坚守
举到了高远
可风还是不知疲倦
树叶没了
风也无法找见
不知
是风拐走了树叶
还是
树叶卷走了秋天

告别秋天

离开了
感觉你
更美

伤感

用生长的语言
和秋天告别
你就不会有伤感

希望

在你守住的秋天里
寻找一片落叶
支起
生长的季节

树与落叶

明年再来
我一定让你陪我
一起花开
让阳光知道
我的微笑
来自你的灿烂

明年再来
我一定把你藏在
风也够不着的地方
让雨知道
你是我的生命所在

明年再来
我一定和你
拥抱着生长
让四季知道
陪伴是最长情的告白

品冬

立冬

你来了
我们才知道
温暖的重要

雪

临冬遇雪
秋天还没来得及找到家
就被掩埋了

降温

降温
是为生长的热情
提供交谈的借口

地方

找一个温暖的地方
别让梦
冻着

供暖

加温过的冬天
没有
风言冷语

寒冷

看不到头的寒冷
落叶告诉你
从什么时候开始

冷

为什么冰冷刺骨
因为肌肤
已被穿透

冷冻

把笑声冷冻起来
待到春天
和鲜花一起灿烂

冬天的孤独

你的孤独
不在于失去落叶
而在于谋划春天

吃烤地瓜

你把一个寒冷的季节
烤得烫手
笑声
不停地从左手换到右手
咬了一口
还烫到了舌头

冬日落叶

一阵风过
我的视野
收纳了你
纷纷扬扬的苦难

浪漫

冬天的浪漫
在于
你的双手还能拥抱

雪

雪是凝固的爱
她终结了
一个季节的漂泊

爱好

每个季节
都有耀武扬威的爱好
比如冬天的雪花飞舞

差别

南方的雪
撞见花开心就慌
北方的雪
撞见鬼都不怕

雪后

融化后的世界
其实
比你冷多了

雪后寒

你的冷
不是无缘无故的
是天上掉下来的

阳光

阳光就这么
公开而透明地照着我
怪不好意思的

冬至

看不见你的时候
我把夜
都想短了

骄傲

冬天的骄傲
在于
收藏春天的美

样子

冬天的样子很冷峻
恰如光秃秃的树梢
一言不发

力量

冬天的力量
能够掩埋
生长的苦难

等待

安静的等待
坐失了
生长的风言风语

语言

落叶是树的语言
风
给了它思维

茶花

你走出了秋天
我走进了
你的鲜艳

大寒

向阳而行
把昨天丢进
大寒里

年末

拥有的四季
足够辨别
风的来历和贵贱

远去的乡村——不堪回首的过去

贴近乡村的苦难飞翔
能看见裸露的灵魂
起早贪黑的耕种梦想

每到冬天
闲言碎语蜷曲在土墙根
三三两两地晒着太阳
一袋旱烟带头把
愁苦的日子抽出了眼泪
工分、口粮还有刚刚上交的收成
剩下的忙碌问心有愧

乡村的狗吠让星星稀了不少
冰冷的月让破被在身上打滑
梦在被子外面哆哆嗦嗦
烤一盆火
烫伤了咬牙切齿的呓语

一个馒头饿瘦了整个冬天
双肩挑不动的春节
倒在了离家不远的雪地里

无法触摸的黎明
在太阳升起中
呱呱坠地

遇见你

伞

雨中
你递给我一把伞
却淋湿了
你的微笑

漂亮

漂亮不是你的错
错在大家都喜欢
漂亮

专利

你都美成专利了
我还怎么
盗版

推理

你的美不仅是真理
现在看来
更是科学

故事

与一个故事相遇
全是
你的情节

美

唯物主义的美
只要你存在

精灵

美是一种感觉
是从你的身上幻化出来的
一个精灵

作用

你的美
是专门用来
思念的

破防

对你
我没有防线
只有崇拜

颜色

你喜欢的颜色
缤纷了
我的世界

名字

你的名字里
好像掺了糖
想起来就甜

效果

如果让人失眠
那就不是
安眠药的错了

找理由

想你
可以无缘无故
见你
却要千方百计

价值

如果你在
美丽
不需要想象

快乐

没有什么可以让我不快乐
除非
你不快乐

思念之美

我知道
你在想我的时候
最美

运气

真正的运气
是我们
枕着同一个夜

沸腾

烧水壶对水瓶说:
"我的沸腾
是为了
装进你的心里"

相遇

在你触摸过的季节里
我捡到了一粒花籽
不小心
剥出了盛开过的笑声

共享

邮递一个航班给你
我们共享
蓝天白云

定位

给你发个定位
告诉你
想我的方向

盲区

无法接通你的电话
牵挂
打进了盲区

生日

别人给你送花
我把春天
栽进你的日子里

收藏

每天的好心情
专门用来收藏
你的微笑

日子

双脚踩在
想你的日子
走也走不动

走路

你每天的步数
不知哪一步
踩到了我的关注

消息

等你一个完整的消息
把我的时间
弄碎了

缘

今天等你
是在兑现
五百年前的约定

时间

把时间放在秒针上数
想你的日子
更长

唱歌

爱你入髓
歌声
沙哑了我的思念

发电

用爱发电
照亮你的
思念

旅游

不再一个人想你了
我看过的风景
都在想你

惊喜

假如
在没有遇见过的风景里
突然遇到了你
便是惊喜

风景

风景越美的地方
越适合想你
你不在
花都开得无精打采

坐你坐过的地铁

如果在地铁里遇见你
那不是邂逅
而是刻意

距离

见与不见
距离
挡不住视线

背影

吹过你的风
扑面而来
抱着你的背影
不愿松开

喝茶

你不在
我把水
喝出了眼泪

喝咖啡

不要加糖
把你的微笑放进去
喝起来就不苦了

沉默

学会沉默
天天和你
说话

承包

向你承包微笑
不上缴
任何愁容

笑声

你的甜美
在我的欢喜里
笑出声来

情绪

得罪我的情绪
最大的问题就是
总想见到你

孤单

走在我们曾经走过的雨巷
再一次踩湿夜晚
双手举着雨伞
还是撑不起孤单

视野

你在我的视野里
彻夜不眠

无眠

给我一个夜晚
还你一个黎明

理由

就是喜欢你
理由
都在梦里

梦

今晚
我把我的梦装满水
还让你游过来
像那条
快乐美丽的红鱼

快递

如果可以打包
昨晚我就把梦
快递给你了

还梦

如果有可能
请把梦还给我
我把欢乐
丢那里了

赎不回的抵押

昨晚
你真的把梦
贷给我了
但我没有办法
赎回我的思念

月夜桥

不知你
在不在我的镜头里
可是我看到了
你的光影

不需要梦
就能够得着
你我的距离

身边有条河
我枕着水的形状
听那水流哗哗直响

月亮出来了
桥下的水流没有打扰她
只是碎了
你的身影

你的故事里
没有我的情节
我的生命里
长满了
你的情绪

心情

雨后的阳光
透明着你的笑容
美不再害羞

精致

生活的精致
刻意了你的美好
"喜欢你"
精致了我的生活

仰望

安静的心
不会被风带偏了视野
我在天空看到了你

遇见扬州

烟花三月

扬州是个好地方

在扬州的经典里漫步
你会发现
她确实是个好地方

向往

烟花三月的扬州
可以释放
你对春天的所有向往

记忆

一个月的风景
能让你一生的记忆
都在开花

美好

春天的美好
被拦在了
扬州的烟花三月

年龄

吴王夫差从邗沟里
挖出了
扬州运河的年龄

历史

扬州的历史很拥挤
晚上散步都能踢到
好几个朝代

大运河

枕着大运河
能梦到很多朝代
都在扬州活了过来

东关街

东关街的故事
是从
大运河里运上岸的

经典

扬州的美好
在大运河里
流出了许多经典

御码头

乾隆皇帝一抬脚
就踩出了
一个景点

琼花

四海无同类
维扬一枝花
她洁白了
你对所有鲜花的赞美
孤独的洁白
不断地被尘世吵醒
一年又一年

鉴真樱花大道

移栽来的春天
开出了
扬州的曼妙

扬州八怪

是一群背负着民间苦难
而又能
找到快乐的人

千年石塔

不说话
不等于
没有故事

旅游

腾出美好的心情
让她装满
扬州的赞誉

拍照

光线不好也没关系
扬州的春天
历来都是自带光芒的

包容

扬州的包容
在于能听懂
大运河流过来的任何方言

人类的春天

不管从历史还是现实的角度看
扬州的春天都是人类的
你若不来
便是人类的遗憾

写真瘦西湖

减肥

瘦西湖为什么不胖
因为游人太多
她每天都在减肥

小金山

瘦西湖的低调和精美在于
湖不与西湖比胖
山不与金山争锋

开花的速度

瘦西湖的春天是带着你往前跑的
要不然
你跟不上开花的速度

徐园

徐园主要是用来漫步的
但里面趴着一只老虎
千万别吓着你的善良

听鹂馆

听到你的声音
白鹭洲上
飞起了一片欢呼

五亭桥

五亭桥的精妙在于
五朵莲花下面
能看到十六个月亮

彩虹桥

那么多人都在彩虹上拥挤
看来天上
还是比人间热闹

钓鱼台上照相

从另外一个角度看钓鱼台
其实你正站在
皇帝的位置上

白塔

用盐包堆起来的传说太咸
至今
还没有被历史消化掉

熙春台

登上熙春台
能看见
献给母亲的春天

二十四桥

走在二十四桥上
能踩到好多月亮
只是玉人的箫声
吹皱了桥下的波纹

瘦西湖上的船娘

挤在小木船上的笑声
被船娘摇得
东倒西歪

四相"赞"花

万花园不仅花多
关键是还能听到
历史上最权威的赞美声

天空中最胖的雨

瘦西湖上空的雨
下起来
很胖

何园

晚清第一园

被打理一百多年的何园
能够住得下
扬州的近代史

船厅

不需要锚
造园的经典
已经停泊在你的创意里
鹅卵石铺出的倒影
鲜活了那段无法驶出的岁月

镜中花

走到镜子前
仔细地看了一下自己
羞涩得也像一朵花

水中月

白天能看到的月亮
在水里
同样也捞不起来

石涛的片石山房

委身于片石之间
听得见
天下的惊涛骇浪

交椅

楼上的那把交椅
不知跌落了
多少人的梦想

玉绣楼

楼上的芬芳
是琴声里弹出来的
楼下的仰望
是玉兰树上晃动着的

怡萱楼

对母亲的一片孝心
在怡萱楼的周围
长出了"延年益寿"

水心亭(戏台)

戏台上的情节
感动过许多富裕的时光
至今还能打捞出
那时的泪水

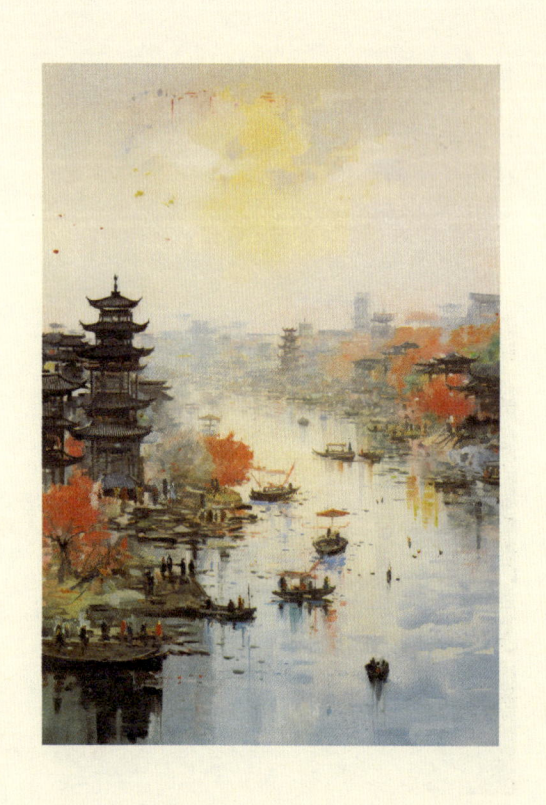

复道回廊

在回廊的中间有一面墙
一边通往读书楼
一边通往会客厅
你是去读书
还是去会客?

蝴蝶厅

主要是用来会客的
如果有花香
蝴蝶也是客人

骑马楼

寓居在楼里的名人
声望
比马跑得快

致敬何家祠堂

在何家的祠堂里
能够祭奠出
民族的兴衰

明清楠木厅

能够展出的财富
大多腐朽了
包括楠木

个园

四季

不需要跟风
不需要追雨
个园里有你品不完的四季

精美

个园的精美在于
能让春夏秋冬住下来
而且不担心换季的冷暖

四季假山

搬不走的四季
坐拥春夏秋冬
花开花落

春山

个园的石笋
离冬天很近
但能听到拔节的声音

夏山

个园的夏天
是太湖石叠出来的
透过波光
能看穿江南的山色

秋山

在春雨中观赏淋湿的秋
你会为
落叶流泪?

冬山

夏季里看到的冬景
一点也不冷

抱山楼之长廊

用了两个季节才能走完的连廊
一定能踩到
很多故事

觅句廊

踱步万千
未得佳句
只寻一"个"
便成万千

"个"字

个园的"个"字
长成了万千竹子
字字有节

雨后春笋

一场春雨
湿透了
万千竹子生长的喜悦
欢呼声拔地而起

宜雨轩

不仅适宜听雨
更适宜
等你

壶天自春

一壶茶就能煮沸的春天
一定是温暖的

十二生肖石

不论怎样端详
总能找到
最像你的欢喜

叠石通道

"明不通暗通
直不通曲通"
精心垒起的官场
打通了晋升的渠道

玖趣园（桃李春风）

世博园
世界都在这里落户了
你还不来安家？

桃李春风
世博园里的桃李春风
吹拂着
不同国家的笑容

胥浦河
伍子胥泛舟划起的历史
适合你翻看
今天的波光粼粼

圣人居
仁者乐山智者乐水
依山傍水的玖趣园
能住下圣人的灵魂

玖趣园

住房最现实的功能是安居梦想
玖趣园能住下你
比梦想还大的天空

云鹭湖

云的故乡
鹭的天堂
在玖趣园的屋檐下
欢喜着你的梦想

铜山

从汉朝开挖出来的历史
厚重了
玖趣园的依靠

闰二月

春天不想走
就找个理由
在玖趣园留下来了

太阳

安居在你的岁月里
随时都能
够到太阳

主题

每一个季节都有生长的主题
桃李春风的主题是
四季都在生长浪漫

桃李春风的美好

戒不掉你的美好
我对你
上瘾了

留白

四月是季节的一幅画
你
是美的留白

约会

与其让你等我
不如早一点入住你的期待
看山花烂漫
听流水潺潺

一无所有

之于你
我已一无所有
就连梦想
也都移居到你的美好里了

美食之都

意境

扬州美食
能让你在梦里品尝
不愿醒来

文思豆腐

一个人的名字和豆腐
被切出了精彩
入口即化

扬州早茶

茶杯里的情节
在餐桌上
吃出了你
不愿离开的故事

硬早茶

能喝出酒味的早茶
在扬州
才能叫作硬早茶

千层油糕

吃油糕的核心意义是
你回到职场上
能够连升三级

翡翠烧卖

不仅清香
还能吃出
春天的主旋律

蟹黄汤包

可以咬破的鲜美
容易烫到你
着急的样子

扬州狮子头

其实和狮子
一点关系都没有
但可以把你
吃成狮子

大煮干丝

为什么大煮
因为小煮
看不到你着急的样子

扬州炒饭

富足的生活
放到传说中翻炒
让你
口齿留香

阳春面

吃面的最高境界
是吃到最后
竟留恋起汤来了

扬州城桂花香

桂花又开了
香味很浓
还是像上次那样
你不小心碰了一下
全城都在晃动的味道

扬州的桂花香在骨子里
个园里有条桂宾大道
不论你什么时候走过
都会沐浴着满身贵气
上次你走过
你是贵人
今天你没来
你还是贵人

扬州的桂花香在四季里
东关街上有一碗藕粉丸子
是夏荷与秋桂的结合
咬上一口
两个季节的甜蜜
会粘住你的记忆

扬州的桂花香触手可及
一如扬州人的热情
公园里路道旁
不经意就会碰到她的问候
梦里能闻到
醒来能看见

扬州的桂花香他乡难觅
离开她很淡
想起她很浓

社会一角

致敬我的老师

老师

看到今天的进步
想起了当初
蹒跚的天地里
长满了你的表扬
如果没有老师
我们将
找不到自己

美丽的英语老师

你的美丽
浪漫了我
整整一个朝代

大学校园

知识在这里撞脸
问候
不需要语言

铃声

上课的铃声
崴了
迟到的脚步

书声

校园的书声含氧量很高
能救活
老去的历史

听课

课堂上
他梦见了老师
没有讲课

教诲

耐心是海
可以淹没
你的粗心

老教授

他的语言抑扬顿挫
花白的胡子上
沾满了标点符号

好学

好学之人
警惕着
每一个文字

每天读书

你的时光在书里
被一页一页地翻成
经典

好书

看完一本好书
回头再翻翻
更好看

知识

知识可以正襟危坐地获得
也可以
席地而卧地占有

看书

有一本爱不释手的书
看起来
生活很有盼头

习惯

喜欢读书会让你有一种习惯
见到知识
就有饥饿感

内容

书读多了
你的脸上
能看到书的内容

学校

学校
是一个能让知识恐惧的地方

老师

不是传播知识的机器
而是
打磨人格的砺石

讲台

讲台再小
也能承载
你的学富五车

高考

是一场
与知识有关的体检
和人格没关系

考场

在应试教育的考场上
思辨和创造
总是畏首畏尾

图书

教你成功的图书很多
让你找到灵魂的
很少

书

你的苦难
就是可以打开的
一本书

教育是什么

教育是在泥泞中
递过来的那块砖头
铺着你的理想往前走
教育是在屋顶上
给你的那个登天的梯
教育是让你
找到自己
教育是让找到的自己
不再属于自己

致敬我的老师

你在我的前方
站成我的理想
我在你的教室
坐成你的目光
如果有梦
你是我的天堂

你在我的铃响
敲起我的紧张
我在你的方程里
经常被你拖堂
如果有梦
你是我的时光

你在我的书上
写出撇捺字样
我在你的作业里
总在红蓝间摇晃
如果有梦
你是我的模样

六一儿童节

节目

你在梦里
不停地踢着
白天的节目

节日

天还没有亮
就被你的节日
吵醒了

入园

"老师好!"
问候在幼儿园门口
像棵树
长成了
一生的习惯

幼儿老师

真心地把
别人的孩子
当作自己的孩子
笑起来
一点都不假

表演

你表演得好坏
在爸爸妈妈的表情里
能看得出来

饥饿

有趣的童话
能喂饱
孩子的好奇

理想

理想背负得太重
拖累了
流汗的岁月

小升初

摇号

孩子的名字
像坐上了摩天轮
在摇号箱里
被摇得
呼天喊地

想象和引导

摇进了理想的初中
相当于一只脚
跨进了重点高中
还相当于
一只手已经够到了
名牌大学的门

上了初中有星期天吗

孩子问妈妈:
"升上初中是不是没有星期天了?"
"可以有半天。"妈妈说,
"如果学习好的话。"

我不吃冰糕了

孩子对妈妈说:
"我不吃冰糕了!"
"为什么?"
"把钱留下来
交补课费。"

孩子,别人都在学

自从摇进了初中
就开始恶补课程
初一还没开学
已经解开了
初二的方程

中考

上高中

上不了高中
大学都不敢
到梦里来

中考

百分之五十的死亡率
活过一个点
就能听到
百分之百的笑声

终考

中考考不好
有可能就是
终考

素质教育

没有成绩的素质
全被大学
拒之门外

快乐教育

高中快乐了三年
痛苦
和你一辈子缠绵

时间

时间最拙
死守着你的坚持
时间最傲
慢待你所有的不屑

希望

希望三年后
你的满分作文里
能读出
父母的委屈

知识就是力量

没有知识
连力量都没有
怎么还会快乐

理想—写给中考 50% 的淘汰率

如果能够普及高中
幼儿的欢乐
不会在游戏里丢失了天真

如果能够普及高中
体制外的培训
不会堵塞走进校园的路

如果能够普及高中
小升初的择校
不会被学区房出租

如果能够普及高中
中考的路延伸到大学
懂事的灵魂不会在初中被寄宿

如果能够普及高中
孩子的梦想
不会躺在缺觉的恶补

如果能够普及高中
父母的吼声
不会吓倒淘汰率以下的得分

如果能够普及高中
爷爷奶奶的晚年
不会绊倒在孙辈们活蹦乱跳的接送

高考

考前一周

像捧着鸡蛋一样
小心地捧着你的情绪
担心任何一句问候
都会打碎
你的平静

旗开得胜

穿上紧身的旗袍
让你剪出
合适的祝福

进考场

你进了考场
父母留在了
烤场

出考场

父母的微笑
从来没有像今天这样
小心翼翼
手里捧着的鲜花
开着你的表情

查分

用猜拳的方法
决定谁去拨打
查分的号码
手抖不是因为
猜拳输了
而是担心
查分后的泪水
谁擦

填志愿

你的志愿
填出了
我的理想

录取通知书

通知的
是理想
录取的
是你的离别

高考的启示

活成你的青涩
便是我
要读的书

如果

如果还能坐进教室
一定找回理想
不问寒暑

送孩子去海外留学

优秀

培养你的优秀
就是离我
越来越远

时差

你走得那么远
连想你的梦
都要倒时差

行李

舍不得你
恋家的目光
我的牵挂
被你拖运到
异国他乡

消息

微信没有时差
好消息随时都能
收到

搭积木

多想和你
一起玩积木
再次搭起你
摇摇晃晃的童年

找儿媳妇

妈妈对儿子说：
除非她比我优秀
否则
别想把你
从我身边带走

美

什么时候的美
都不如
和你在一起

生活百味

带外孙

岁月

你的成长
成熟了
我的岁月

跑得快

姥爷的眼睛
总是比外孙的腿
跑得快

大方

姥爷带外孙
把储存了一辈子的谦卑
都大方地掏了出来

吃药

外孙感冒
姥爷急得
想吃药

耐心

哄着你的情绪
喂饱你的笑声
百般的耐心
落在你不愿离开的沙坑

原则

姥爷的原则
就是千方百计让外孙
笑着打滚

揍扁你

外孙不听话
你真想
揍自己

抱住

关于孙子
你能抱住的也许就是
怀里的笑声

笑容

姥爷的皱纹
挤成了
外孙的笑容

辅导

外孙的作业
写出了
姥爷的答案

价值

在教育外孙的过程中
悟到了
忍耐的价值

育儿

孩子的希望像风筝
拴在
你的耐心上

耐心的标准

辅导一遍作业
如果听不到吼声
就算达标了

色彩

家长对孩子的吼声
带有
浓重的行政色彩

吼声

孩子的委屈
真实了
家长的吼声

家庭作业

"快去做作业"
家长的催促声
比作业内容多很多

陪外孙做作业

心中的恼火
被他的橡皮擦来擦去
还是没有发出来

教学

姥爷兴致勃勃地教了外孙一句外语
外孙没听懂
他自己也没听懂

拉钩

每次拉钩
都是对
上次的否定

泪水

哭后的笑声
灿烂了
真实的泪水

减负

外孙的书包
背在姥爷的身上
其实也挺重的

伙伴

孩子的调皮
主要还是因为
没有找到思想和他玩

自尊

孩子的自尊
往往挂在
家长的脸上

真的

上学路上,你说:
"姥爷,
我觉得在学校的一分一秒都是假的"
我愣了好半天,说:
"你自己永远是真的"

做饭

美学

做饭属于美学范畴
用心地在舌尖上伴奏
一定能弹奏出
餐桌上的赞美

事业

如果把做饭当事业
那么四季
就任我切割了

控制

掌握了厨房
就控制了减肥的节奏
你越是饿得慌
我越是把红烧肉做得入口即化

经验

做饭的经验
就是看你有多少次
让煮开的稀饭
淋息了炉火

念想

如果你做的饭
成了别人的念想
那么生活就有盼头了

优势

做饭的最大优势
能把四季
放到一个盘子里打扮

生活

如果你的生活丢了
请到菜市场去找
那里全是
创造生活的人

平衡

如果到菜市场里
买了喜欢但又感觉偏贵的食材
想一想饭店里端上来的价格
你会觉得占了很大的便宜

补品

不要刻意追求营养偏方
快乐
是最好的补品

原味

不要依赖调料
生活的原味
是笑声

灵感

厨房的灵感
来自
我饿了

挑拣

没有菜市场的挑三拣四
就会有
餐桌上的挑肥拣瘦

生活

游走在锅碗瓢盆里
没有盐
尝不出咸味

节约

别想什么都省下
有时候花出去的
才是最大的节约

洗碗

越清淡
越容易洗得
干净

选择

生活的肥瘦
一旦被放到砧板上
就没有选择了

看足球世界杯

规则

有规则的
世界杯足球
把世界人民
踢进了
没有边界的
狂欢

世界杯

世界为什么看不到你
因为
你在看球

足球的忍耐

世界的积怨
都放在了它的身上
被人踢来踢去还不气馁

越位

越位多半是身不由己
主要还是
想把球踢进去

任意球

不管放在哪
目的性都很强

手球

不相干的事
尽量别干

角球

把自己的底线都踢破了
罚一下还不应该?

点球

比赛的紧张气氛
被压缩成两个人的呼吸

乌龙球

进球的人
想死的念头都有

犯规

恶意犯规
主要还是因为
没踢到球

替补黄牌

替补席上的黄牌
一定是把裁判的注意力
踢出了边线

红牌

就是让你到场外随便踢
和我一样

进球了

就一脚
瞬间把解说员的嗓门
踢破了

冲突

赛后球迷的冲突
根本原因就是
没把足球当球看

输赢

输赢英雄泪
悲喜两重天

主场

赢了
在哪都是主场

地铁见闻

赶地铁

穿高跟鞋抱着孩子
在赶往地铁的台阶上
一步一步地
踩着提心吊胆

上车

涌向车厢的人流
集体在台阶上
有节奏地踩着匆忙

换乘

在换乘的台阶上
我们肩并肩地跑往
不同的方向

没赶上

车门早我一秒关上
我的心情被夹在门缝里
挤也挤不进去

"上,还是不上"

工作人员喊:
"上还是不上,赶紧"
想上
但上不去

"把通道让开"

"请往里面走,把通道让开"
工作人员又喊
我是一滴水
让不出一条河

减肥

减肥的现实目的
是让身体
能够挤进车厢

拥挤

挤到你的呼吸了
实在让不出
更多的空气

座位

在拥挤的车厢里
能够有个座位
和拿到奖金的心情差不多

让座

你的善良
能坐下
一个平原

手机

站在车厢里的情侣
趴在对方的肩上
看
自己的手机

汗水

地铁里挤出的汗水
流进了
上班的忙碌中

下班

地铁里的呼噜声
吵醒了
错过的站台

车门口的挥手

我的挥手
拥挤了
你的微笑

人间万象

人与人

距离
不要靠得太近
留点空间
让我崇拜

强大
和自己相处时
最强大

热闹

知你在人间
所以我才来
凑热闹

生命

让阳光透明起来吧
每粒尘埃
都是生命

格局

你在为一个鸡蛋的大小争吵
他却把
下蛋的鸡都送给了你

知足

世界都对得起你
你就
更要对得起自己了

生命

生命不止一次地提醒我们
生命
只有一次

生活

别人的美好
多半都是想象出来的
其实每个人的生活
都会有难熬的一分一秒

恐吓

不要预支未来的苦难
恐吓
当下的生活

活着

快乐靠你
活着
靠自己

智商

过度的小心
总在麻烦
自己的智商

想法

不切实际的想法
把未来
丈量得遥不可及

理想

努力把今天
过成
回忆中的美好

生存之美

生存之美
在于
活着还想活下去

关心

即便你不关心世界
人间的苦难
还是会伤到你

死亡

繁花散尽后
落叶占据了整个世界
比死亡更加隆重的
是埋葬死亡

年轻

如果总在说:
"我还年轻"
你可能
真的老了

现在

现在的时光
对于未来的每一刻
都是年轻的

保质期

青春的保质期是
无悔

浪漫

青春的终极浪漫
是活成
时代的样子

经历

炫耀你的经历
也在悄悄地宣告
你的老去

节俭

捂住欲望
挥霍你的
善良

真诚

真诚
是没有技巧的交流和呼唤

理由

善良的人
很少去找拒绝的理由
包括你拒绝了他

免疫力

喂食野猫
你的善良
没有免疫力

善良

善良是最好的美容
包容别人
会释放你的美丽

信任

信任他人
是对自己的善良

自律

兑现诺言
是对生命的自律
怀疑自己
是对他人的清醒

治疗

微笑
对治疗情绪感冒
很有疗效

形象

你的形象
是由你的思想
塑造的

他人

你的心里装满他人的幸福
他人的笑容
会在你的脸上拥挤

人情

当你的幸福与他人无关时
你的痛苦
同样无法获得他人的同情

人间

迎娶新娘的车队
遇到了送葬的灵车
欢喜和悲伤都很自然

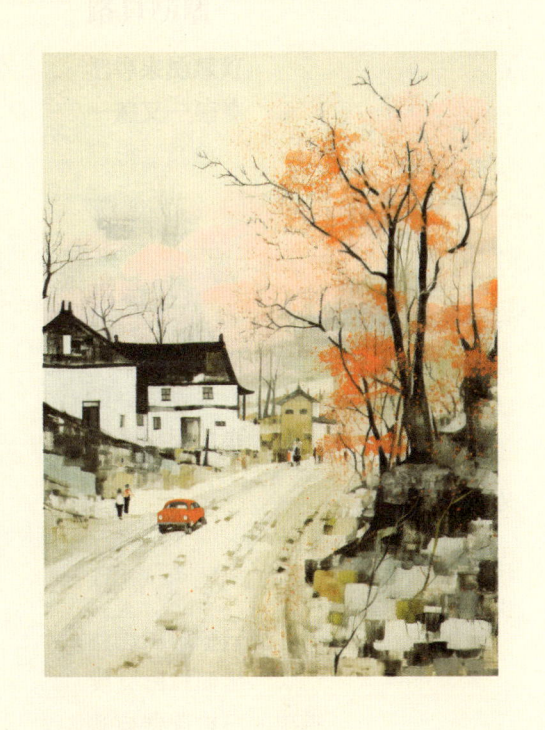

问好

没有人向你问好
你要向
世界问好

卸载

把计较卸载
快乐翻着跟头
跑来

热爱

热爱
是兴趣支撑起来的
一种能力

送礼

被退回的盛情
像块石头
砸中了讨好的念头

岁月

守得住寂寞
也就
守住了岁月

灵魂

干净的灵魂
落到哪里
都是天堂

天下

站在灵魂上看
天下便小了

懂

看不懂你
我便
看书

热闹

在欢聚中
享受
孤独的热闹

默契

点亮心灯的
是你的思想刚好
碰到了我无解的思考

问候

最好的问候
是在给你写问候语的时候
你的问候来了

心有灵犀

人群里
一眼能望穿你的心慌
算是心有灵犀么?

撒娇

有时候叫苦
也是一种
撒娇

囍

把两个人的心事
贴在了一起

喜讯

真正的喜讯
是新生儿的啼哭
在产房里一声接着一声

明天

忘了昨日的记恨
明天
看不到仇人

资本

苦难
把我们的根
扎得很深

舞台

站在人性的舞台上
每天都能看到
精彩的表演

人性

在暗处刷视频
看明处的笑话
都笑出了声

利益

一张笑脸里
埋藏着
丰富的利益

中心

掉进了你的窃窃私语
我便
成了中心

挑事者

是非
在他和不同人的电话里
被说得比美女还漂亮

交往

他在快要干涸的人情交往中
滚得
满身是非

世故

自由的灵魂
一旦被拴到尘世的桩上
每走一步
都被深深地勒进世故

误会

稗子和麦子站在一起
容易
长出误会

误解

把歉意典当给你
真心地想
赎回误解

刀

无论多么美丽
还是经不起
冷漠去削

小偷 大盗

小偷的伎俩
在于掏空你的口袋
大盗的智慧
在于装满你的思想

散步

走着走着
就踩到了你的牢骚
硌得我双脚生疼

传播谣言

你把谣言打扮得很健康
在和我散步的路上
洒了一地

存活

谣言只有比真相跑得快
才能存活

残酷

真正的残酷
是不相上下的博杀

人祸

人祸比天灾更可怕
主要在于
它的目的性

对手

没有对手
还要梦想干什么

人肉杀

扒光别人的衣服
羞辱
自己的灵魂

游戏

科学技术
进化了
你的惰性

折磨

通宵的游戏
折磨了
黎明

防偷窥屏

你玩手机的样子
就是
最大的秘密

人与社会

富与穷

富人的排场
能够丰富你对物质的向往
而穷人的苦难
经常装饰着社会的麻木

成果

改革的成果
在老百姓的口中骂来骂去
吐到了买菜的路上
还被踩出
一肚子怨气

方式

喜欢金钱的方式
往往能决定
人生的快乐程度

关于集资诈骗

他们用谎言
集资了无数颗
一夜暴富的心

二代

无偿的继承
优越了
有价的无能

富有

真正的富有
从来不说有
也不说没有

算账

精力放在钱上
容易
算账

笑容

被金钱算计的日子
连笑容
都是抠抠巴巴的

倒闭

关闭前的繁荣
在拆下的店招上
落满灰尘

就业

企业是天堂
能救活
失业者的目光

劳动

当劳动
不再是为了谋生
那一定是快乐的

玻璃心

人心像玻璃
碰到利益
就容易碎

欲望

很多欲望
是被
妒忌催生的

恶

人性的恶
在利益纷争中
往往表现得奋不顾身

逐利

在通往暴富的路上
挤满了
找不到家的灵魂

泛滥

当人性的恶泛滥时
会淹没
普遍的良知

车胎被扎

人心
在你想不到的地方
扎破了你的行程

车辆被淹

一场暴雨
淹没了
所有的欲哭无泪

痕迹

被淹没的城市
水退后的话题
能看见浸泡过的痕迹

苦难

泪水浸湿的苦难
风吹过来
都是咸的

坚强

借一滴泪水给你
滋润一下
苦难中的坚强

伤感

别人的喜悦
突然撞到了自己
丢失的欢乐

岁月

岁月之光
可以穿透
所有的悲苦

历史

历史在各种文字记录中
总是打得头破血流
而未来
又常常在今天
被拥抱得令人神往

残酷

历史的残酷
往往没有伤害到
当今的嬉笑与健忘

重复

历史在重复中翻新
正如耕种的土地
不停地收获着四季

阴谋

阴谋
往往躲在
谣言后面

撒谎

撒谎是阴谋的重要组成部分
大阴谋
必有大谎言

谎言

有些谎言是分期施工的
而且还会
不断地粉刷

强盗

掠夺你之前
一定想方设法把你
打扮成小偷

仇恨

战争是由仇恨催生的
仇恨是被一枪一枪
打出来的

战争

不分年龄的子弹
射穿了年轻人的激情
让回忆
一直流着鲜血

善良

流血的战争
总是让人类的善良
遍体鳞伤

英雄

英雄是一座山
和英雄一起伟大的
是你唤醒黎明的呐喊

家

家
是战争中的奢侈品
是热爱家的生命换来的

嘲笑

精美的建筑
在被轰炸中嘲笑
人类的审美

和平

当笑声退出了和平
就连交谈
都带有火药味

胜利

他
安睡在
你的恐惧中

理想

理想常常在磨难后
变成
打折了的现实

不可理喻

很多理想叠加起来
还是
压不住现实的不可理喻

无情

灿烂的冷静
能看穿
尘世的无情

专家

专家一旦被资本拐走
总是喋喋不休地
拐走他人的信任

沉默

当真相浮出水面
专家便像漂浮物
被资本卷走了

救赎

邪恶与残暴
靠文明
是救赎不了的

善业

踩死一条害虫
与救赎一个灵魂
都是善业

快乐

你在思考生活的意义
生活在寻找
你的快乐

简单 不简单

忘了不简单
就是简单

惊喜

在够不着的地方想到了
是理想
在想不到的地方够着了
是惊喜

热议

你的孤寂
冷落了
别人的热议

孤独

孤独
是清醒着的
自我隔离

种子

清静是热闹喧哗出来的
孤独
是思念的种子

精彩

孤独着你的热闹
能看见
两个世界的精彩

生活

生活
被端在一个碗里
容易挑肥拣瘦

理性

理性
能够让热情之火
持续而温暖

怀疑

怀疑美好
容易拒绝
快乐

求真

怀疑中看到了世界的完整
历史的缺失
铺垫了你的自信

是非

总在说一件事情
容易把它说成
是非

大笑

嘴里嚼着是非
怎么还能
张开嘴大笑

收获

不要企望每一分钟都有收获
什么都不想
也是一种收获

灵魂

思想的荒岛上
栖息着
流浪的灵魂

申遗

如果可以申遗
灵魂
绝对是非物质的

完美

美好在想象中
会变得更加美好
完美
多数情况下
都是想象出来的

真实

恭维你的话
在你的心满意足里
拒绝了真实

真假

为了你看到的真实
我回避了
所有的虚假

骂假

造假的人
骂起假来
特专业

打假

假打
要比真打
多费点心思

真假

假的
往往比真的
漂亮

打砸抢

每一锤都是罪恶
最后一锤
打通了地狱

刻薄

一位老人对匆匆走过身边的年轻人说:
"不要着急
如果顺利的话
你也会老"

局外

观棋者的一句话
将了
下棋人的军

乱象

良知是红绿灯
时刻提醒
什么时候该停下来

迷笛音乐节

无处安放的灵魂
狂躁中
蹦出了人间

怪病

媚俗的蔓延
让社会染上了
娱乐至死的怪病

错位

同情放错了地方
邪恶在你的泪眼中
呼喊着救命

遛狗

给狗穿上衣服
文明正以狗的形象
摇头摆尾
和它说了那么多掏心窝的话
它也只是摇摇尾巴

聊天

家长里短式的聊天
聊的多半是
己长人短

路口唠嗑

把等来的绿灯
一遍又一遍地
唠成了红色

唠嗑

好多岁月
唠着唠着
就唠出了故事

私聊

幽静的咖啡厅里
男女相对而坐
各自看着自己的手机
咖啡的味道很孤单

偶然

被人群撞到的恋情
紧紧地抱在一起
一点也不害羞

招摇

美女露出的腰肢
扭伤了
男人的目光

误会

你撞乱了我的脚步
不小心
踩到了你的无理

拆迁

乡愁
被砌在钢筋水泥里
转不过身来

方法

确保真相不会变成传言的最好方法
那就是
不说

水平

说话的真正水平
在于知道
什么时候不说

正义

如果可以公布
真相总能咬破
谣言

过度执法

如果不是太烫
估计你能
把太阳捆起来

空间

你踢不到法律
法律不会让你
感觉到疼

致敬警察节

你能过节
我们天天
便是节日

演员

如果你的癫狂
来自角色的放纵
那就算入戏了

优秀的演员

拼命地挤进角色
为的是让你我
一起掉进他的故事

读三毛小说

你的故事像条河
泪水
冲刷着每一个情节

再读三毛

你的爱情
像台湾的凤梨
刺破了每一段甜蜜

读《南怀瑾》

南怀瑾的家
住在
你的灵魂里

再读红楼

贾府的丑事
在焦大的骂声中
像内裤一样
被脱了下来

魅力

都市的魅力
在你有能力欣赏时
才会迷人

重逢

久别后的重逢
被你抱得
喘不过气来

从乡村到都市

儿女的优秀
让父母
享受了都市的陌生

傲慢

都市的傲慢
在于他
从不理会你的陌生

邻居

都市的邻居
遥远得
听不懂各自的乡音

自然的启示

雨水

雨水嫁给了阳光
日子
透明了起来

太阳

我把夜敲碎了
发现你在
黎明深处

光明

想着黎明
再黑的夜
也能看见光明

暴戾

不管你如何暴戾黑夜
黎明
还是会悄悄来临

归处

我们都是地球的流浪儿
靠捡食日月
充饥

蓝天

寻找太阳的影子
一句花语
聊起了天空的寂寞

发现

夜的黑暗
不是天造成的
而是人的眼睛发现的

夜

灯关了
夜
就来了

故事

晚上灯光很暗
容易看到白天看不到的
故事

灯光

灯光填满房间
黑夜
盖不住阴影

光和影

有光的地方
一定会有影子
只是不一定能看到

黑暗

有光亮
才能看清
黑暗

颜色的命运

黑色
容易和黑暗
重叠

电灯开关

摸了半天的黑
眨眼之间
被你点亮了

意外

关掉屋里的灯
门外的
却亮了

蜡烛

点亮时光芒四射
熄灭后
泪流满面

电梯

挤在身边的距离
我
看不见你

距离

只要心能够到
再远
都不是距离

赶路

你都上车了
我还在买票

火车卧铺

不同的口音
躺在同一个行程
遇到刹车
上铺的呼噜声
常常会砸醒
下铺的梦

重复

真正的重复
是坐过了站
你还不得不坐回去

路

你气得跺脚
其实踩踏的
是我

立交桥下过马路

滚滚红尘在头顶
装满是非
疾驰而过

大都市

地域的优越感
来自
个人的自卑

红绿灯路口

沿着规矩行驶
就能
找到方向

红绿灯

当颜色成为规矩
不能把红色
看作热情

声音

听不见的声音
在听不见中
大声喧哗

仔细听

风的声音
是从裂开的缝隙里
挤进来的

种竹

把竹子种在阳台上
白天一阵风
晚上一幅画

留白

窗户
是一块砖一块砖
砌出来的

窗户

开错了窗户
寓言和传说
蝴蝶般飞了进来

好消息

刷牙的时候
听到好消息
你乐得
张不开嘴

蜗牛

行动的时候
暴露了
最柔弱的部分

玉米

一点都不低调
总是昂扬着向上
即便老了
还叫玉米棒

水鸟

贴近水面飞翔
天
在你的翅膀下面

鱼

鱼在一口一口地咬着水
一生都不停
看不见一滴眼泪

形态

树
始终在风的姿态中摇摆
鱼
却游出了水的形态

飞行

在白云上飞行
能看清
太阳的睫毛

看天

坐在白云上看天
能够想起的
大多是天上的事

晒太阳嗑瓜子

把时间嗑碎了
尝到了
阳光的味道

时间

时间虽然不会过期
但也无法
保鲜

涂改

用过的时间
无法涂改
也退不回去

不在乎

岁月把你修饰得满不在乎
可时间却在为你
一秒一秒地忙

照顾

任何时候
都不要亏待时间
照顾不好它
你会流泪

生活

没有直白的生活
你若深刻
我便思考

秘密

拉住时间的手
我们唠唠
长寿的秘密

附诗五首

纪念

一只蝴蝶死了
斑斓的翅膀薄如蝉翼
还是飞翔的样子

我把它埋进水里
让它流进可以起飞的季节
弥漫花香的天空
让它的理想再次长大

没有比理想更大的天空
花丛中
不知你的笑容是哪一朵
曾被它追赶着开

春天再来
花儿再开
它还是飞翔的样子

恐龙化石

六千六百万年前的告别
至今没有回音
潮声在海边呼唤着地质年代
沉积后的灾难
委屈了你的姿态
时间被你吞下了
长出一个又一个变故
一颗牙齿能咬破无数个假设
头盖骨上是否开满鲜花
你踏过的草地不停地进化着问号
假如你真的复活
死亡和假设都将死亡

无可无不可

谎言摇晃着世界
如同地震
让真相东倒西歪
地震过后
阳光仍然嬉皮笑脸
调戏你的无动于衷
善良让出了天空
天空下血流成河
猎人看着噬血
没有指手画脚
如同坐在莲花上的你
等待膜拜

等你

说你要来
岁月在等待中
长满胡须
雪一样花白

说你要来
等你的泪水
像村头的那口井
快要枯干

说你要来
等你的那个人
已经在路口
站成一棵树
独自花开

说你要来
从年少等到老迈

公园见闻

坐在下午的阳光里
晒一晒可以打盹的记忆
与靠近老年的风
聊一聊过去的故事
有些情节缺了很多牙齿
咬不动年轻时候的浪漫
可眼前的广场舞
说起来又漏了不少
当年的野性与曼妙
想起那时的舞步
只要一曲
就能跳动你的心

后 记

从青少年时就曾做着文学梦、诗歌梦。如果说出版诗集算是圆梦一场，那么这场梦主要还是圆在这几个缘上：

20世纪80年代到90年代初，一直沉浸在对诗歌的狂热追求中，那时的业余时间基本被诗歌情绪、诗歌崇拜所占用。20世纪90年代初开始，随着工作任务和责任的加重，自然而又不自然地淡了诗歌情节，全身心地投入到了工作之中，直到退二线的2018年，经常有一种被一景一物一人一事咯噔一下的灵光闪现，感觉写诗的情绪又回来了。2019年开始在微信朋友圈以《短章杂句——诗歌写生》的形式发布，得到众多微信好友的认可和鼓励，扬州电视台还在扬帆专题中开了个"春风十里"栏目予以登载。说是短章杂句，主要还是不受平仄、韵律、长短的拘束；说是诗歌写生，更是因为是一景一物的灵感触动，没有达到完整的诗篇构想，像画家对一棵树、一条河、一座山的写生一样，待到山水巨篇需要时，再把这树移过去、把山与河搬进画面里一样，诗歌写生里一个短章或杂句都可能是某一诗作的一部分或是一首诗的诗眼。重要的是这种形式一直为朋友们认可，并不断鼓励我写下去，早日结集出版。尤其是油田中学李稚老师，几乎对每期都有精彩点评。在得知我的诗歌要结集出版时，她这样写道："说实在话，每每读臧总短章杂句，常常惊异于臧总体察情感的细致与敏锐，仿佛生活中的一人一事，一花一草都能触发臧总的创作灵感，能让臧总从同一个意象的不同角度去深入描绘，从而不论是从外延的宽度，还是从内涵的深度都能得到拓展与扩充，引导读者去咀嚼人生，进而品味生活！"如果说微信好友的交流是个平台，那么大家的鼓励是我重新点燃诗情的最好机缘。

叶橹这个名字20世纪50年代就享誉国内诗坛，20世纪80年代初开始，他通过诗评在《诗刊》《诗探索》等刊物上，为读者推介了艾青、闻捷、昌耀、舒婷、顾城等众多著名诗人和作品。著有《艾青论》《舒婷论》《洛夫论》等多位诗人专著和《叶橹文集——随笔卷》《叶橹文集——诗评卷》《叶橹文集——诗论卷》等数十部诗歌经典论著。这样一位对现代诗歌的创作和发展有着重要影响的人物，在我心中的分量一直很重，我的印象中他应该是在北京。直到2024年3月才知道他在扬州，而我在扬州工作生活了四十多年，竟然不知道他老人家就在身边，真是拜师恨晚啊！经拜访才知道他在扬州大学教授任上退休，现已年届九十，仍然引领现代诗歌的潮流，保持着对"不变的诗性"的坚守和对"流变的诗体"的包容与接纳，他的身边簇拥着一大批现代诗歌创作前沿的中青年诗人。2024年4月，我在整理书橱时，翻到了一本1982年第二期的《诗探索》，是我1984年3月在北京书店购买的，惊喜地发现里面有一篇叶老的长篇诗评：《略论诗人"自我"的发展》，当时在他文章的这两段下面留下了重重的笔迹："时代的风云、历史的内容、社会的动荡，无一不以其独特鲜明的生动艺术个性和风格体现于诗人的创作中，这才是一个诗人赖以存在的基本条件。""能够与生活共同前进的人才是真正的强者，沉溺于过往的怀旧以至希图历史原地循环的人，最终是要被历史和人民所抛弃的。"顿然感觉四十年前我就与叶老结缘了，虽然没有谋面，但他的文章一直影响着我对诗歌的热爱，潜意识里也许在催生着我的诗歌基因。后来我在给叶老的微信里这样写道："当时不了解您的经历，其时您刚从苦难中走出来，却怀抱人性的美好，'不沉溺于过往的怀旧'，热情地拥抱着未来，您是为人性的善良而生，您是为诗歌而来，我们迎面碰到了您，这是我们几世的幸运啊！"我想正是这种缘，才有叶老这篇厚重的序与大家见面。

诗画同源，诗集若能配上与意境、审美趋近的构图那是最完美的了。2023年10月，当我把这个想法告诉好朋友"南京用心创意"公司陈华老总时，她欣然答应尝试一下。经过她们团队设计师们几个月的揣摩研读，她们运用AI智能绘画技术，用图画诠释了诗歌的意象和情趣，一幅图片就是一首诗，这种创意让我获得了超乎想象的惊喜，这份惊喜也得到了叶老的认可。如果说这本写生集是一位待嫁的新娘，那么陈华总的团队让现代诗歌与现代智能绘画技术的首次合体，当是她最好的新妆，我想这也算是现代诗歌与绘画艺术结合的最好的缘了。

当您翻开这本诗歌写生集，若有某一句或某一个主题能让您心里咯噔一下，也就算对得起上述的诸多结缘了。

2024年6月11日